Le Vent

Edith de Cornulier-Lucinière
Sara

LA JOIE DE LIRE

Arzel respire à pleins poumons.

Ses habits flottent au vent.
Ses cheveux s'envolent.

Il crie de joie : « Le vent ! Le vent ! »

Il court, le vent court contre lui !

Arzel invente une chanson
qui parle du vent.

Le vent arrache une feuille.

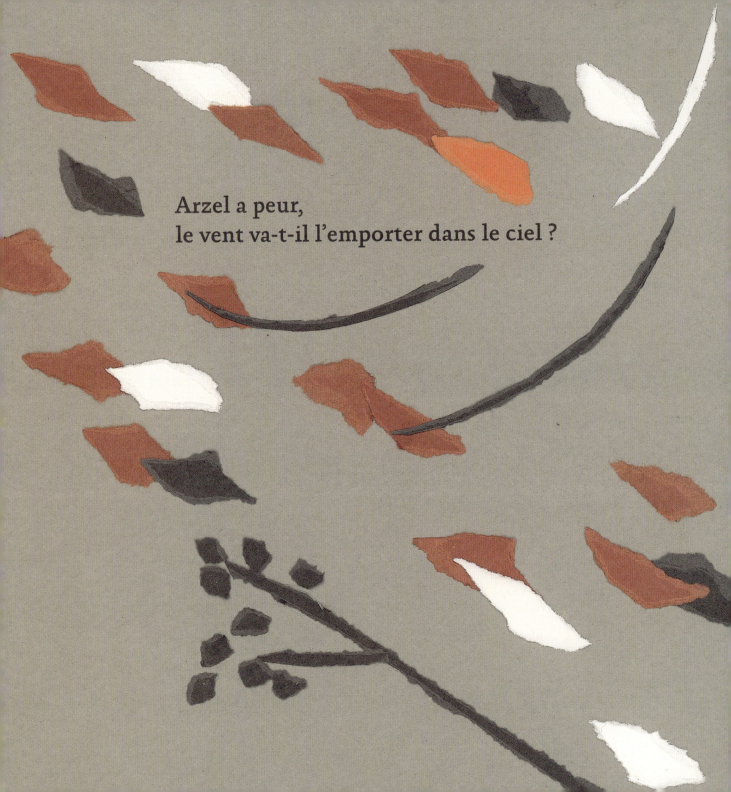

Mais où est parti le vent ?